Von:

Für:

Von:

Für:

Jason Reynolds

Für alle

Jason Reynolds

Für alle

Aus dem Englischen
von Petra Bös

Mit Illustrationen von
Hannah Wiesner

dtv

Wir danken Miriam Mandelkow für die Übersetzung
des Mottos von James Baldwin

MIX
Papier aus verantwortungsvollen Quellen
FSC® C084279

1. Auflage
2022 dtv Verlagsgesellschaft mbH & Co. KG, München
Text: © 2018 by Jason Reynolds
Titel der Originalausgabe: For Everyone
Originally published by HarperCollins • Published by Atheneum, an imprint of Simon & Schuster Children´s Publishing Division • Published by arrangement with Pippin Properties, Inc. through Rights People, London.

Umschlag und Gestaltung: Hannah Wiesner, Zentralsüden, München
Gesetzt aus der Interstate
Satz: Zentralsüden, München
Druck und Bindung: Print Consult
Printed in Germany • ISBN 978-3-423-64088-6

„Noch mögen wir es nicht recht glauben,
doch unser Innenleben ist auch das Leben,
und unsere ungreifbaren Träume
greifen ein in diese Welt."

James Baldwin

Vorab:

Als ich anfing, dies zu schreiben, wusste ich nicht, was es werden sollte: ein Prosagedicht, ein in Etappen geschriebener Brief, ein Werk, an dem ich nun schon seit Jahren arbeite. Eine Sache.

Aber wenn ich jetzt darüber nachdenke, auch über den ganzen Entstehungsprozess, stelle ich fest, dass es eigentlich um meinen Untergang geht – den Untergang eines etwas über Zwanzigjährigen, der sich fest an das bisschen Nichts klammert, das er seinen Traum nennt. Und als ich schließlich ganz unten ankam, stellte ich fest, dass viele um mich herum auch dort angekommen waren. Meine Freunde, die mit mir in Brooklyn nächtelang wach blieben – malten, Musik machten, schrieben, übten, etwas vorantrieben –, sie alle waren müde und genervt, frustriert von der allgegenwärtigen Unsicherheit. Meine Familie, die „Verantwortlichen", mit denen ich stritt und unterschiedlicher Meinung war, sie ahnten nicht, dass ich noch die Spuren ihres eigenen Untergangs vor vielleicht vierzig Jahren erkennen konnte, dass diese Spuren noch da waren, versteckt unter ihren Zungen.

Seltsamerweise traf ich in dieser Zeit eine Menge Teenager, die alles Mögliche machten, ohne groß darüber nachzudenken. Es war, als hätte man ihre Fantasie festgeschnallt, damit nichts Schlimmes passierte. Klar, sie hatten immer noch ihre jugendliche Begeisterung, aber nur beim Reden. Wenn ich sie nach ihren Träumen und innigsten Wünschen fragte, bekam ich oft nur teilweise Antwort. Sie konnten zugeben, dass sie tatsächlich Träume hatten und dass es Dinge gab, die sie sagen, sehen und tun wollten, aber sie wurden die Vorstellung nicht los, wie töricht es gewesen wäre, töricht zu sein.

Ich konnte es ihnen nicht verdenken. Keinem von ihnen. Ich hatte versucht, etwas anderes zu tun, und es brachte mich fast um. Auch meine Freunde. Und meine Familie. Aber der Traum war immer noch da, nur unter Schmerzen zu leugnen.

Also begann ich, das hier zu schreiben. Einen Brief an mich selbst, um nicht aufzugeben. Ich schrieb ihn in Angst. Unsicher. Voller Zweifel. Und erst war ich mir nicht sicher, was es war: ein Prosagedicht, ein in Etappen geschriebener Brief, ein Werk – an dem ich nun schon seit Jahren arbeite.

Für mich eine ganz große Sache.

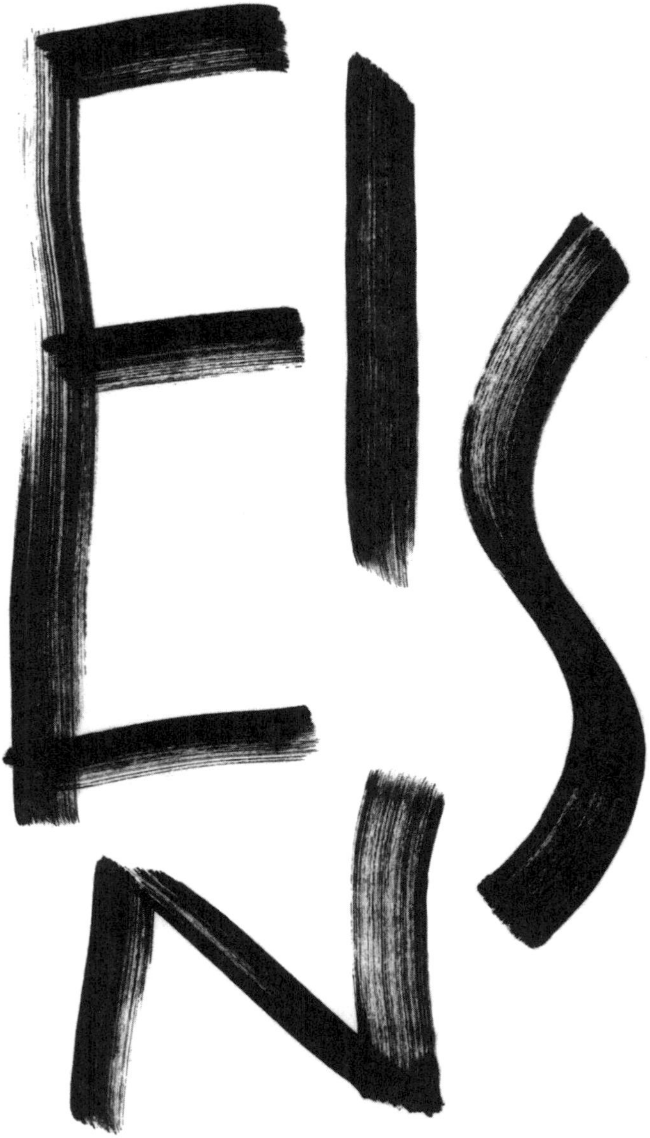
EINS

Lieber

Träumer,

Ich schreibe diesen Brief

in purer Ehrlichkeit und Liebe,
aber keinesfalls
als Ratgeber
zur Verwirklichung
deiner Träume.

Davon
verstehe ich

nichts.

Ich habe das alles
noch nicht durchgestanden,

bin nicht
mit einem blauen Band ausgezeichnet
auf der anderen Seite angekommen,
weder mit einer Siegerschärpe
noch mit Dollarscheinen behängt
und schon gar nicht
von einem unerschütterlichen Glücksgefühl erfüllt.

Ehrlich gesagt

habe ich noch damit zu tun,
meinen eigenen Traum
wahr werden zu lassen.

Ich schreibe
diesen Brief
aus meinem
tiefen Inneren.

Von der Front
und vor dem Abgrund.
Aus dem ungewissen Mittendrin.
Als Mann mit
zusammengebissenen Zähnen
und angeschlagenem Ego.

Als jemand, der etwas
auf die einzige Art tut,
die er kennt,
der seine Schreie
und sein Lächeln
genau in der Mitte zerteilt,
der seine heimlichen Fehler verschluckt,
während er in der Sonne steht
und der Schweiß sein Leben bewässert,
dieses Leben, das er
– genau wie ihr –
beackert,

weil er

auf eine

kommende

Ernte

hofft.

Mit sechzehn

glaubte ich, dass ich es bis heute geschafft hätte.
Mit achtzehn sagte ich mir,

dass ich mit fünfundzwanzig meine erste Million
gemacht hätte.

Mit fünfundzwanzig zog ich wieder zu meiner Mutter,

den Atem der Schulden-
eintreiber im Nacken,
heiß wie der Sommer
in Brooklyn.

Und jetzt mit
fast achtundzwanzig

bin ich einfach nur
fast achtundzwanzig.

Also

habe

ich

keine

Antworten.

Tatsache ist,

unsere Träume können
so fern sein wie die Ewigkeit
oder so nah wie die nächste
Mittagspause.

Morgen könntest du
aufwachen und diesen Brief
an einer Plakatwand lesen.

Oder du könntest aufwachen
und vergessen haben,
wer ihn geschrieben hat.

Es kommt einfach
darauf an.

Manche sagen, aufs Talent.
Manche sagen, auf den Willen.
Manche sagen, aufs Glück.
Manche sagen, auf die Kohle.
Manche sagen, auf die Rasse.
Manche sagen, aufs Gesicht.
Manche sagen sonntags,

Gott habe einen großen,
richtig großen Plan.

Keiner weiß wirklich,
auf was es ankommt,
aber alle wissen,

dass es darauf
ankommt.

Also ging
ich los

und kaufte alle Bücher,
mit allen Tipps,
wie Träume wahr werden können,
wie du das Leben
in eine fantastische Formel
für Dummies und Traumjäger spinnst,
Bücher, geschrieben von Experten
und Traumfängern,

die schwören, dass ich
mit eins plus eins
und Schritt für Schritt
meinen Weg in die Erfüllung finde,

dabei aber vergessen,
wie viel Ballast ich mit mir herumschleppe,
auf meinem Rücken,
in meinem Kopf,
an meinen Beinen und

in meinem
Herzen.

Aber diese Bücher
waren kein Balsam
für meine schweren, wunden,
von der langen Reise
geschwollenen Füße.
Von den Seiten
konnte man sich nichts kaufen,
und man konnte sie nicht essen,
um den Hunger zu stillen.

Auch wenn ich ein Buch
mit ins Bett nehmen konnte,
konnte ich mich doch nicht
darauf betten,
um mich zu erholen,
für eine Atempause
von dieser Hatz.

NUTZLOS

Ich dachte daran,
sie zu verbrennen.

So hätte ich wenigstens
den Feuerschein
als Licht auf meinem

langen und oft
dunklen Weg.

Eins weiß ich jetzt sicher:

Dieser wenig begangene Weg
wurde schon
von mehr Idioten begangen,
als du denkst.

Wir alle hier draußen
versuchen gebeugt,
mit einem falschen,
gestörten Grinsen im Gesicht
die Wahrheit nicht zu sehen:

Dass
in uns
allen die
Wut der
Straße
steckt.

Wir sind
ein Haufen
erschöpfter Loser,
überschwänglicher Kämpfer,
Bewunderer der Träumer,
die vor uns träumten.
Leser einer
anderen Bibel,
die das Buch
von der Stadt der Engel
und dem Big Apple
kennen

von einem orangenen Haus
im alten New Orleans,
einem billigen, kargen Appartement
über einem Bistro
in Paris.

Es ist der Moses in unseren Köpfen,
der uns in das Gelobte Land
in unseren Herzen führt,
das Land, von dem wir wissen:
Es gibt es wirklich.

Mit sechzehn
glaubte ich,
dass ich es bis heute
geschafft hätte.

Heute
überlege ich mir,
was es überhaupt bedeutet,
es zu schaffen,

Und

mache

weiter.

Aber in diesem Brief geht es nicht darum,
wie man es schafft,

denn davon verstehe ich nichts.

Überhaupt gar nichts.

ZWEI

Was ich sicher weiß,

ist, wie es sich anfühlt.

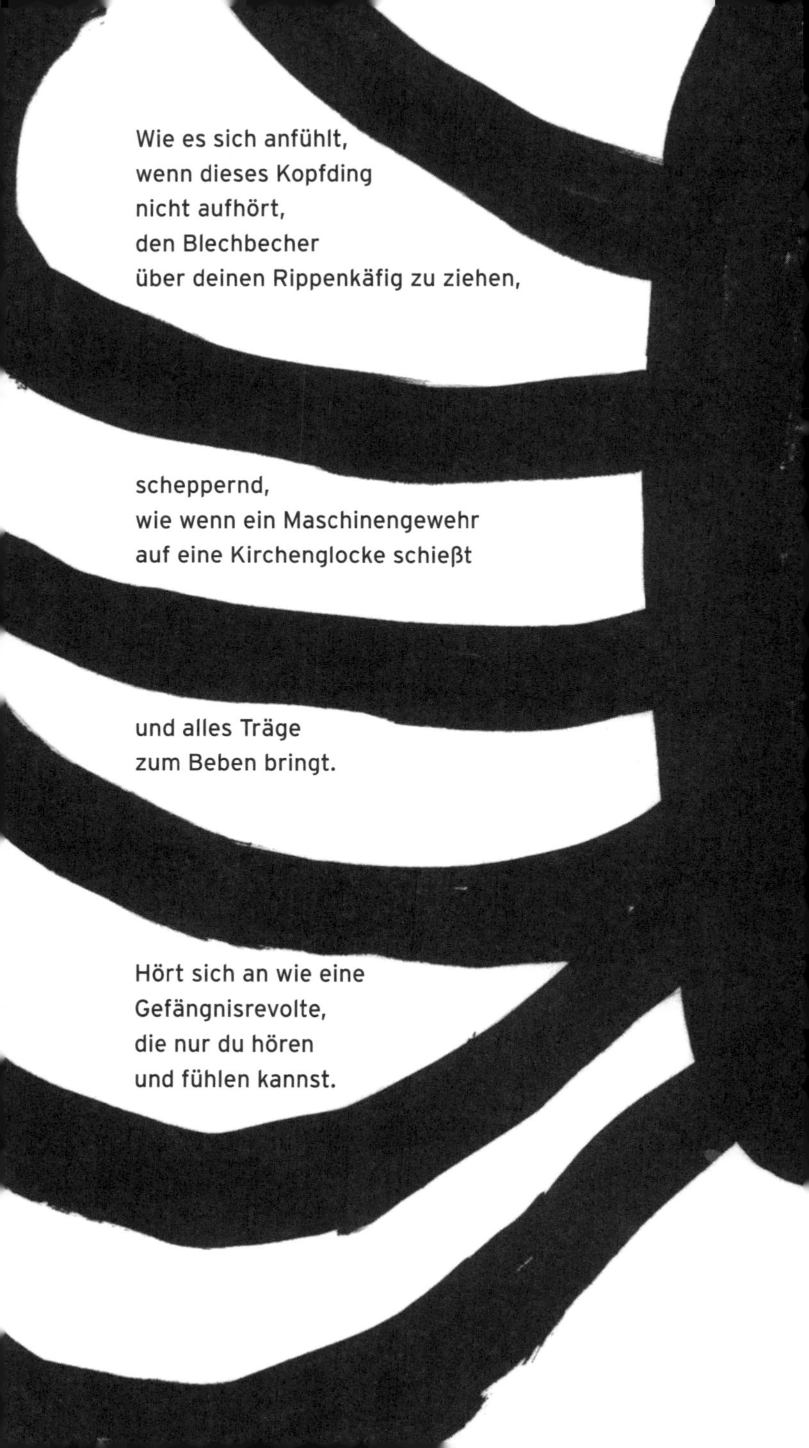

Wie es sich anfühlt,
wenn dieses Kopfding
nicht aufhört,
den Blechbecher
über deinen Rippenkäfig zu ziehen,

scheppernd,
wie wenn ein Maschinengewehr
auf eine Kirchenglocke schießt

und alles Träge
zum Beben bringt.

Hört sich an wie eine
Gefängnisrevolte,
die nur du hören
und fühlen kannst.

Und scheußliche Sachen
werden gesagt
über die Gefängniswache –

diesen ängstlichen,
kontrollierenden,
repressiven Teil
in dir

und
allen
anderen.

Wenn du
ein wenig bist wie ich,
hoffst du,
dass es nie aufhört.
Du hoffst,
dass das Brodeln
nie abflaut
und das Verlangen,
auszubrechen und
durchzubrechen,
nie erstirbt.

Du hoffst,
dass die Stimme,
die dir am deutlichsten zuflüstert,
was du dir erträumst,
nie verstummt.
Dass sie sich nie hinter der Angst
und den Erwartungen wegduckt,
die andere deinem Leben aufbürden
wie einen Rucksack voller Backsteine
(oder voller Bücher von
Experten).

Denn wenn es so weit käme –
wenn die Stimme verstummte,
wenn sie verschwände
und du nicht länger
vom Drängen
deiner eigenen Möglichkeiten
getrieben,
nicht länger
von einer perfekten Vision
deines Lebensziels geblendet,
nicht länger von Leidenschaft
durchflutet würdest –
was wäre dann?

Also, ich glaube [redacted].

NICHTS

Und für mich
gibt es
nichts
Schlimmeres

als
nichts.

Selbst dann, wenn nichts
richtig zu laufen scheint

oder nichts richtig
zu laufen scheint.

Lieber werde ich
vom lauten Klopfen
an meine innere Tür gestört.

Obwohl ich schon vor Jahren
geöffnet habe,
hält das Klopfen an.

Lieber soll mein Appetit
gelegentlich von einer Prise
Fast-am-Ziel-Sein
angestachelt werden.

Lieber leide ich
an inneren Ekzemen,
die sich am Jucken
des Möglichen entzünden.

Es gab viele
angstwache Nächte,
in denen Dunkelheit
um mich schlief,

meine Freunde
eingehüllt in ein Behagen,
das ich erst noch
finden muss.

Meine Augen sind
geschwollen vor Erschöpfung,
mein Körper zittert
auf dem Weg nach unten,

aber mein Traum
hört nicht auf zu weinen,
zu schreien
wie ein von Koliken
geplagtes Baby.

Manchmal muss etwas verändert werden.

Aber
meistens
hilft
es, den
Hunger
zu stillen.

Also nähre ich meinen Traum mit allem,
was ich habe.

Und
er nährt mich mit allem,
was ich habe.

Kämpfen
wird immer
als etwas Bewundernswertes,
Poetisches dargestellt,

aber die pochende Ungewissheit
bleibt.

SICHER,

ich weiß, mein Traum
ist so wirklich
wie meine Hände,

aber ich halte
die Leine kurz,
an deren Ende
mich die Unsicherheit schwankend
begleitet.

Wenn du bist wie ich,
hast du darum gekämpft,
die Flamme des Zweifels
und der Furcht
auszutreten,
eine warme, tröstliche Flamme,
verlockend und vertraut,
aber auch giftig
und zerstörend.

Ich kenne Leute,

die gebrannt haben.
Ein Brennen so heftig,
dass man es nicht in Graden
ausdrücken kann.

Ich kenne Leute,
die für etwas gebrannt haben
von den Füßen
bis zum Torso.

So viel Leidenschaft
verwandelt in Ruß.

Aber egal,
wie sehr ich versucht habe,
dem zu entkommen,
die trügerische,
wie eine Teufelszunge
tanzende Flamme
zu ersticken,
sie mit all dem Willen und Glauben,
den ich aufbringen kann,
zu löschen –
ich weiß,
eine winzige Glut
glimmt immer
unter meinem Haarschopf.

Ich höre ihr Flüstern nur,
wenn ich mich bis zum Äußersten vorwage,

meine Zehen sich
an die Klippe krallen,
meine Gedanken schon fliegen,

höre sie flüstern,
dass ich keine Flügel habe,
dass ich keine Chance habe,
dass ich keine Ahnung habe,
aber ich denke,

ich habe keine Wahl,
also springe ich
trotzdem.

Träumer,
wenn du bist wie ich –

Springst

du

trotzdem.

DREI

DIESER BRIEF IST

für keinen speziellen Traum,
kein bestimmtes Genre oder
Medium,
keine bestimmte Berufsgruppe
oder Glaubensrichtung
gedacht.

Er ist
nur für
die
Mutigen
bestimmt.

Vielleicht bist du Tänzer und
bewegst dich zum Sound deiner Zukunft;
oder Musiker und
klopfst, klimperst, streichst, zupfst,
bläst etwas,
schreibst Soundtracks
für schnaufende Traumzüge
in tiefschwarzer Nacht;

oder du bist Maler,
der seine Bekenntnisse auf Leinwände
schüttet und spritzt;
oder Schauspieler,
der am Altar seines Alter Ego
betet;
oder Fotograf,
immer den Finger am Auslöser
wie ein schnell ziehender Cowboy,
der nicht schießt,
um jemanden zu töten,
sondern, um ihn für immer zu bewahren;

oder du bist
aus irgendeinem seltsamen Grund
sogar Schriftsteller,
einer der Experten
für Bücher voller guter Absichten,
voll Begeisterung und Fantasie
und manchmal auch Wahrem,
vielleicht schreibst du sogar Briefe an Leute,
die du nicht kennst,
aber von denen du weißt,
dass du sie liebst.

Oder vielleicht bist du
überhaupt kein Künstler.

Träume sind nicht nur für Künstler.

Vielleicht bist du Athlet,
ein Gladiator, der darauf hofft,
den Löwen zu töten.
Vielleicht bist du achtzehn
und hast vor, deine erste Million
mit fünfundzwanzig gemacht zu haben
(das ist nicht unmöglich).
Oder vielleicht bist du achtzehn
und hast vor, bis einundzwanzig am
Leben zu bleiben
(das ist nicht unmöglich, genauso wenig
wie bis zweiundzwanzig, dreiundzwanzig,
vierundzwanzig).

Mit fünfundzwanzig
bin ich wieder zu meiner Mutter gezogen
und habe festgestellt,
dass sie gerne kleine Kinder unterrichtet,
gerne backt
und denen hilft, die Hilfe brauchen –
dass sie ihre Leidenschaft lebt und
ihren Traum verwirklicht,
nach vierzig Jahren
mit Vierzig-Stunden-Wochen
hinter einem Schreibtisch.
Vielleicht bist du fünfzig
und denkst, es ist zu spät.

Spring
trotzdem.

Träume haben keine Timeline,
keine Deadline
und nehmen nicht immer
den geraden Weg.

Spring
trotzdem.

Oder vielleicht

träumst du davon,
eine Familie zu haben,
alberne T-Shirts zu tragen
und Schilder hochzuhalten,
der Kameramann zu sein,
der seine Kleinen
beim Spielen filmt;

oder
deine Kinder
auf Kopf und Herz zu küssen
und selbstlos ihre
Talente zu fördern.
Bleib mit ihnen wach,
wenn ihre Träume weinen
wie ein von Koliken
geplagtes Baby;

hilf ihnen,
sich ihre Träume zu bewahren,
und gib vor dem Einschlafen
dein Bestes,
um die winzige Glut
des Zweifels und der Angst,
die unter ihrem Haarschopf glimmt,
zu ersticken.

Dieser Brief ist für
uns alle.

UNS ALLE

Für die seltsamen Engel
mit schiefen Heiligenscheinen und
gebrauchten Flügeln.
Für die noch unschuldigen,
neugierigen
rotbäuchigen Babys.
Für die Missgebildeten
mit den Herzen außen
und den Ohren innen.
Für die Spießer,
die ihren Acht-Stunden-Bürotag
als Planungsphase vor der
eigentlichen Arbeit ansehen.

Für die rebellischen Kinder,
die Wilden,
die Außenseiter,
die Schandmäuler,
die Schief-Angesehenen,
die von den Erfolgsverwöhnten
insgeheim furchtbar
furchtbar furchtbar
beneidet werden.
Für die, die das Kreuz tragen –
diese verschränkten Balken
der Passion –
und die finden,
das Leben sei dann am besten,
wenn man leidet.

Für die Springer.

Für die Springer.

Für die Springer.

Dieser Brief
ist für uns alle,

um uns daran zu erinnern,
dass wir viele sind.
Dass wir recht haben,
es zu versuchen.
Dass das Ziel greifbar ist.
Dass man es schaffen kann.

Aber in diesem Brief geht es nicht darum,
wie man es schafft.

Denn davon
verstehe ich

NICHTS!

Überhaupt

GAR
NICHTS.

Wirklich nicht.
Außerdem
bin ich mir nicht sicher,
ob es so wichtig ist,
es zu schaffen.

VIER

Meinen eigenen Traum
beschreibe ich
am liebsten als
tollwütige Bestie,
die mich gefunden hat,
als ich jung war.

Sie hat mich gebissen
und infiziert,
aber bevor ich sie
fangen konnte,
verschwand sie in der
Dunkelheit.
Jetzt verbringe ich mein Leben damit,
sie zu suchen,
ihr nachzujagen.

Ich weiß, dass ich ihr auf der Spur bin.
Ich kann sie riechen.
Ich kann sie hören.

Manchmal denke ich,
ich kann sie
sogar sehen.

So
oder so,

ich weiß,
dass ich ihr auf der Spur bin.
Die Nase im Dreck,
vom Jagdfieber gepackt,
schaue ich unter schwere Steine,
hinter riesige Bäume,
tief in dunkle Höhlen,
und werde weitersuchen,
bis ich die Bestie finde,
die mich gebissen hat,
als ich jung war.

Sicher

ist,

dass ich die Bestie finden werde
oder auch nicht.
Aber die Schätze, die ich
unter den schweren Steinen,
hinter den riesigen Bäumen,
tief in den dunklen Höhlen
entdeckt habe,
sie haben den Jäger
und Menschen geschaffen,
der ich bin.

Dein Traum ist das Muttermal
hinter deinem Ohr,
das fehlende Stück
Vorderzahn,
sind deine Sommersprossen.

Er ist das,
was dich besonders macht,
aber nicht das,
was dich groß macht.

Das macht erst der Mut,
es zu versuchen,
die Leidenschaft zu leben,
das Erkennen
und die Wertschätzung
des Schönen, das
um dich herum geschieht.

Träu

mer,

viel mehr kann ich nicht dazu sagen,
weil ich nicht viel mehr darüber weiß.
Wenn du mehr weißt,
schreib mir bitte zurück.
Wenn nicht,
nimm dies hier
als kleine Ermutigung.
Und wenn dieser Brief dir nichts bedeutet,
er für dich nur noch mehr sinnloser Ballast
in einem ohnehin schon schweren Leben ist,
verbrenn ihn einfach
und nimm den Feuerschein als Licht
auf deinem langen
und oft dunklen
Weg.

Wenn du in meinen Worten aber
irgendwie Wahrheit,
Trost
oder sonst irgendetwas findest,

dann bewahre es

und nimm den Feuerschein
als Licht
auf deinem langen
und oft dunklen
Weg.

Alles Liebe
Jason Reynolds

Jason Reynolds studierte Literaturwissenschaften an der University of Maryland. Seine Bücher sind in den USA nicht nur Bestseller, sondern wurden von der Presse hochgelobt und sind mehrfach ausgezeichnet. In Amerika gehört er zu den Stars der Jugendbuchszene. Sein Kinderroman *Ghost* wurde in Deutschland mit dem Luchs des Jahres der ZEIT und Radio Bremen ausgezeichnet. Mit *Long Way Down* war er 2020 für den Deutschen Jugendliteraturpreis nominiert. Jason Reynolds lebt in Washington, D.C. Mehr Infos über Jason Reynolds unter jasonwritesbooks.com.

Petra Bös studierte Translationswissenschaften und Übersetzung an der Johannes-Gutenberg-Universität Mainz. Nach Stationen in Frankreich und Brasilien lebt sie in Süddeutschland nahe der französischen Grenze. Ihre Übersetzung von *Long Way Down* wurde 2020 für den Deutschen Jugendliteraturpreis nominiert.

Hannah Wiesner ist Grafikdesignerin bei der Münchner Agentur **Zentralsüden**. Im Rahmen der Arbeit an Design und Konzept für Jason Reynolds' *Für alle* schuf sie Illustrationen in diesem Buch.

Jason Reynolds in der Reihe Hanser:

Coole Nummer (dtv 65018)

Nichts ist okay (dtv 62677)

Ghost (dtv 64041)

Patina (dtv 64042)

Sunny (dtv 64046)

Lu (dtv 64047)

Brüder (dtv 64068)

Long Way Down (dtv 65031)

Die Sache mit dem Glücklichsein (dtv 62725)

Asphalthelden (dtv 64078)

Stamped (gemeinsam mit Ibram X. Kendi, dtv 64083)